벚꽃은 왜
빨리 지는가

벚꽃은 왜 빨리 지는가

초판 1쇄 발행 • 2018년 4월 25일
초판 6쇄 발행 • 2021년 10월 15일

지은이 • 이은택
펴낸이 • 황규관

펴낸곳 • 도서출판 삶창
출판등록 • 2010년 11월 30일 제2010-000168호
주소 • 04149 서울시 마포구 대흥로 84-6, 302호
전화 • 02-848-3097
팩스 • 02-848-3094

디자인 • 정하연
인쇄 • 신화코아퍼레이션
제책 • 국일문화사

벚꽃은 왜
빨리 지는가

이은택 시집

삶창

집에서도 중간으로 태어나
공부도 테니스도 중간이었고 바둑도 그랬다
대학 때 졸업 기념으로 무대에 올린 연극 이름도
'그레이 구락부 전말기'다
이 땅의 민주화를 외친 것도
중간 어디쯤에서였을 것이다

세상에서 주목받는 일은 본래부터 내 몫이 아니다
그러므로 시를 처음으로 세상에 내보내면서도
오히려 편안하다
이 시가 나처럼
세상의 중간쯤에서 살아가는 사람들에게
조그마한 선물이 되었으면 좋겠다

2017년 겨울 중턱에서
이은택

차례

제2부 묘비명

제3부 이인삼각

제 1 부 / 우리들의 사랑

부소산길

이 길 끝에 그대가 있다면
난 매일 이 길을 걸어 그대에게 가리

이틀에 하루는
그대가 있어 그대에게 온 것이 아니고
이 길이 있어 그대에게 온 것이라고 말하리

이 길 따라 그대에게 오다가
저 혼자서도 외롭지 않은
다람쥐도 보았다고 말하리
이 길 따라 그대에게 오다가
제 잎 다 남의 거름으로 주는
굴참나무도 보았다고 말하리

또 이 길 따라 그대에게 오다가
아주 잘 늙은
굽은 길도 보았다고 말하리

나도 늙어

저 굽은 길처럼 되었으면

좋겠다고 말하리

내가 늙어 저 굽은 길처럼 누웠을 때

내 머리맡에

그대가 있었으면 좋겠다고 말하리

깻잎조림을 먹으며

딸하고 아침밥을 먹는데
깻잎조림이 반찬으로 나왔다
깻잎조림을 좋아하는 딸은
비교적 말수가 적은 편인데
고3이 되어서는 그나마 더 줄었다
젓가락으로 요리조리 깻잎을 떼어 주며
수다를 떨 요량으로
깻잎조림은 말여 아주 좋은 음식인 겨
식구는 물론 남 같은 사이에도
인정을 느끼게 해주는 거 그러니까
깻잎조림은 말여 마음의 반찬이기도 한 거여
하려다가
깻잎 농장에서는 밤새 불을 켜놓는다더라
깨를 재우지 않아야 깻잎을 많이
그리고 오래 딸 수 있다더라
하는 이야기를 어디선가 들은 적 있어
나는 그만 입을 다물고 말았다

앞에 놓인 깻잎조림이 혹시 어느 깻잎 농장에서
잠 못 자고 온 것은 아닌가 생각되는데
인정머리라고는 깻잎 한 장만큼도 없는
사람이란 것들이 인정 운운하는 소릴
깻잎조림이 듣고
같잖다고 웃을 것 같아서다

나는 서울놈 좆이 아니다

공주 나가 공부할 때
할머니께서 밥해주셨다
말 한마디 허투루 않는 할머니께서는
칼이 안 들 때마다
이노무 칼 서울눔 조슬 벼도 안 드러가겠네
말씀하시곤 하셨다

그때 관심이 가는 것은
칼이 아니라 그 서울놈 좆이었다
서울놈들의 그 흰 낯짝같이
햇빛도 받지 못하고 바람도 쐬지 못해
물렁해지고 하얘빠진 서울놈 좆
그 좆을 생각하면 서울의 그 높은 빌딩이며
그 많은 차가 하나도 부럽지 않았다

그리고는 할머니의 손자로서
서울놈 좆이 아닌 것이 자랑스러워

혹 밖에 나가 일 볼 때도
해더러 보라고 바람더러 보라고
오줌빨을 높이높이 치켜세웠다

우리 동네 뒷동산에
머리에 눈을 이고도 고개 빳빳한 소나무를 보고는
서울놈들뿐만 아니라
아무래도 물렁할 서울 나무도 불쌍해 보였고
급기야는 내게 서울 자후가 붙은 것들은 모두
불쌍한 것이 되었다

그 이후 지금까지
내가 서울놈 좆이 아니라는 생각은
삶을 담당하는 철학이 되었다

세월이 많이 흐른 지금
할머니께서 살아 오신다면

야 이노마 그때 그 말은 칼 갈아달라는 말여
하시겠지만 그래도 할머니가 세워주신
삶의 철학은
예전보다 많이 물렁해진 생활의 한 부분을
아직은 떠받치고 있는 중이다

밀어냄에 대하여

강물이 강물을 밀어내는 것처럼

계절이 계절을 밀어내는 것처럼

열매가 꽃을 밀어내는 것처럼

딱지가 상처를 밀어내는 것처럼

내 속에 시 밀어내고 그대가 들어앉다

벚꽃

벚꽃이 왜
봄비에 빨리 지는가
자기들 져야 속잎 나오는 걸
알고 있기 때문이다
이 봄 가기 전 속잎들 나와서
봄비 한번 맞아보라고 빨리 지는 것이다
봄비는 사랑 같은 것
적시고 만져지지만
느닷없이 식는다는 걸 알라고
그래서 빨리 지는 것이다

벚꽃이 왜
봄바람에 빨리 지는가
자기들 져야 속잎 나오는 걸
알고 있기 때문이다
이 봄 가기 전 속잎들 나와서
사랑 한번 해보라고 빨리 지는 것이다

봄바람은 사랑 같은 것

한순간 시작되지만

느닷없이 그친다는 걸 알라고

그래서 빨리 지는 것이다

편백나무 베개에 대한 예의

홈쇼핑 타고
우리 집에 오신 편백나무
따뜻한 나라에서 건너와
이 땅에서 일가를 이루었을
그대가 겪은
혹독한 겨울에 대해 생각해 봄

햇살마저 외면하는 깊은 계곡
밤새 무사하냐던
고라니의 안부도 끊어진 지 오래
생명도 생명 아닌 것도
얼어붙는 적막한 하루
긴 밤은 일찍 찾아오고
별은 또 사납게 쏟아지는 곳
버티는 것만이 할 수 있는 유일한 일
사람도 목숨 견딘
사람에게서 향기 난다지

그대의 향기도 모진 추위 견디느라
생겨난 것

몸통은 어느 집 가구로 주고
남은 가지마저 잘게 잘려
우리 집에 오신
그러고도 향기 잃지 않는
그 거룩함에 대해
미안한 마음이라도 가질 것
더 깊이 코를 박을 것 그것이야말로
불면의 내가
그대에게 갖출 수 있는
최소한의 예의

부소산

누가 들으면
개 풀 뜯어 먹는 소리,
라고 하겠지만 내 소원은
백마강이 보이는 서쪽 기슭에
집 한 채 마련하는 것이다

하루를 끝낸 봄날 저녁
마당가에 의자 내어놓고
다람쥐가 뒤집는 가랑잎 소리 들으며
부서지는 노을빛을
한참 동안 바라보는 것이다

시는 신동엽 닮고
노래는 황금성 닮고
다른 것은 다 당신 닮은
나야 뭐 안 닮아도 좋은
사내애 하나 더 낳고 싶은 것이다

그렇게 살다가 죽어서는

도토리 많이 여는 울안의

참나무가 되고 싶은 것이다

참나무가 사는 동안만큼이라도

나무로 더 살고 싶은 것이다

칠갑산 나무

　칠갑산은 육산이지요 길바닥이 살덩이만큼이나 순합니다 지금은 나무 계단이 많지만 예전에는 등허리가 곧 계단이고 길이었어요 소문이 나 사람들 몰려오기 시작하면서 맨살이 파이고 깎여

　곳곳에 비탈길 생겨났지요 그런데 그 비탈 오르면서 뭐 하나 잡았으면 좋겠다 싶을 때 꼭 그 자리에 나무가 있는 거예요 내려올 때도 몸이 기우뚱해 어디 의지할 만한 것이 없을까 할 때 거기에 나무 한 그루 기다리고 있어요 참으로 절묘합니다 그래서 생각했어요 그래 나도 죽어 저 칠갑산 나무가 되리라

　늘 멀리 있는 당신 한번 읽어보시겠어요

　그대 내게 손 내민 적 없어
　그대 손잡아준 적 없는 내가
　죽어 나무가 된다면
　평탄한 큰길 나무 말고

비탈길 나무가 되리 손 내밀면
닿을 만한 그 자리에
손에 잡기 딱 좋게 서 있으리
그대 그 비탈길 내려오다가
세상의 중심 잃고 비틀거릴 때
손때 전 까만 내 손 얼른 내밀어
그대 손 힘차게 잡아주리

구름 같은 당신 어떤가요

대머리 시인 이은택 씨

모자 쓸 때도
햇빛 가리개용으로 안 쓰고
머리 가리개용으로 쓰는
대머리 시인 이은택 씨는
거울 볼 때 머리 먼저 본다
아니 머리만 본다
작지만 넓게 보려는 눈
부패한 것은 가려낼 줄 아는 코
참으려는 입과 무엇이든
들어보려는 귀,
는 안 보고 머리만 본다
심지어는 밥 먹고
이빨 보러 갔다가도
머리만 보고 돌아선다

뉴스에 난 흉악범이 대머리이거나
하다못해 드라마 속 파렴치한이

대머리이기라도 하면
몸 둘 곳을 모르는
대머리 시인 이은택 씨

어떻게든 해보고 싶어 우선
가발 쓴 사람 또는
머리카락 심은 사람에게
묻고 싶은 것이다
거울 볼 때 여전히
머리만 보는 것은 아닌지
이빨 보러 갔다가도
머리만 보고 돌아서는 것은 아닌지

과장

내 몸에서 생겨난 말이
밖으로 나올 때는
'엄청', '무지', '되게', '아주' 등의 부사어를
뒤집어쓰고 나온다

이를테면
'나 어제 술 마셨어'가 밖으로 나올 때는
'나 어제 엄청 술 마셨어'가 되고
'그 영화 재미없어'가 밖으로 나올 때는
'그 영화 되게 재미없어'가 된다

그러다 보니 똑같은 대상을 놓고도
중간은 없고 오로지 극과 극을 오가는데
어제는 '우리 반 애들 무지 착해'라고 했다가
오늘은 '우리 반 놈들 아주 못돼 처먹었어'라고 한다

사람에게는 오장육부가 있다는데

나한테는 혹시 말이 몸 밖으로 나올 때
꼭 통과해야 하는 내장 하나가 더 있는 것은 아닐까
이 내장이 자신을 통과하는 말에게
부사어 하나씩 얹어주는 것은 아닐까
생각해보는 것이다

그리고 내장 하나가 더 있어 육장육부인 나는
심술보 하나가 더 있어
오장칠부로 불렸던 놀부보다
아무래도 더 나을 게 없다고
생각해보는 것이다

내 머릿속의 자양분

나이 들면서 말여
나무 이름 줄줄 외우는 사람 참 부럽데
이름 척척 불러주면 나무는
서 있는 몸 일으켜 인사하고 나중
돋아난 손바닥부터 뒤집어 환호하더면
고맙다는 거지
내색 안 했지만 몹시 부러웠다네
그래서 나도 나무한테
인사도 받고 고맙다는 말 좀 들어보자
남들한테 부러움 좀 사보자 하고
집에 있는 세밀화 식물도감 펴놓고
몇 날 며칠 외우고 또 외웠네 그런데
나무는 그림 속에 있어도 용터면
내 머릿속의 자양분이
관심이 아니라 허세라는 걸 진작 알아버렸는가
내 머릿속에
뿌리내리지 않더란 말이지

내 참

백두산 나무

애들 가르치면서
무언가 손해 보았다는 느낌이 들어
잠이 안 올 때
가령 우리 반 애들한테
깜냥껏 공을 들였다고 생각하는데
애들이 이를 몰라줘 속상할 때
이럴 땐 백두산 나무
생각해보는 것도 좋은 일이다

아직
백 년 이백 년도
더 살 수 있을 것 같은
아름드리나무들이
스스로
아니면 태풍에라도 맞아
왜 몸을 누이는지

몸을 누일 때에도

그 아래 무엇이 있길래

몸을 그렇게 비틀어 누었는지

비틀어 눕느라 얼마나 힘들었으면

뽑히고 꺾인 자리

그렇게 안간힘이 묻어 있는지

생각해보는 것도 좋은 일이다

우리들의 사랑

나뭇잎이 크면 어떻게
냇물을 따라 떠내려갈 수 있으며
별도 크면 어떻게
두 손에 담아 드리겠는가
제비는 처마 밑에 집을 지을 수 있고
벌은 꽃잎 속을 들여다볼 수 있다

사랑도 크지 않아야
외로움을 배울 수 있다
사랑이 크면
어떻게 외로움을 알겠으며
외로움을 이겨내는 힘을 가질 수 있겠는가
외로움이 바로 사랑인 것을 안 것도
사랑이 크지 않아서다

달은 어떻게 하늘에 떠서 사람들을 위로할까

외롭고 외로운 그대여

냉장고

20년 가까이 식구들을 먹여 살리느라
쉴 새 없이 돌아가던 그의 심장이
엊그제 그만 정지해버렸다
피부는 죽은 사람보다 더 차디찼으며
내장은 녹아 방바닥을 타고 흘렀다
집안은 평화와 안정을 잃었다
그의 몸을 수리하러 온 의원은
나이가 많아 심장이 뛸지 모르겠다며
드라이버를 손에 쥔 채 집도의처럼 말했다
체온조절 장치를 고쳐주고 의원이 돌아간 뒤
집안은 다시 평화와 안정을 되찾았다
스무 살 다된 그는 사람 나이로 치면
가장인 내 나이와 맞먹는 예순쯤 됐을 터인데
요즘 혈압이 높아져 걱정인 나는
새벽 눈 뜨는 대로
내 안부를 묻듯 그의 안부를 묻는다
가장보다 더 가장 같았던 그가 근심스러워

심장은 잘 뛰고 있는지

온기는 있는지

귀를 대보고 또 손을 대본다

이름론論

　젊은 날에 나는 바다가 되고 싶었다 아니 바다 같은 사람이 되고 싶었다 오해도 비방도 뒷담화도 너그럽게 포용하는 바다 같은 사람이 되고 싶었다 한때는 한수산의 어느 소설에서 읽은 아무리 헤엄쳐도 닿지 못하는 바다 같은 남자라는 구절을 가슴에 품고 살았다 바다를 가슴에 품듯이 어쩌다 한 번 바다 같다는 말을 들으면 얼마나 가슴 설렜던가

　그러나 살아가면서 바다는 무슨 저수지도 못 된다는 것을 깨닫게 되었다 속이 좁아 쉽게 분노하고 짜증냈으며 큰소리쳤다 노력이나 했을라나 내가 지겨워질 때쯤 탓할 일 있으면 남 탓으로 돌리는 내 천성이 발동했다 아나나 다를까 내 속좁음은 이름 탓이었다 내 이름자 택澤은 저수지도 못되는 연못이다 그제야 난 그동안 내 운명이 이름 한 자에 묶여 있었다는 사실을 알게 되었다

　냇물로 흘러가는 집 앞의 도랑을 우리 동네에서는 똘캉이라 불렀다 한동안 남들에게 내 호를 똘캉이라고 소개하며

다녔다 바다가 못 될 바에는 차라리 겸손한 척이라도 하여 내 좁은 속을 감추고 싶었고 또 바다로 가는 모든 물의 시작은 집 앞의 똘캉이므로 바다에 대한 열망이 아직 식지 않았다는 것으로 위안 삼으려 했던 내 삶의 전략이었다 어쨌거나 똘캉 이은택의 삶은 아직도 똘캉을 벗어나지 못하고 있는 중이다

나이를 먹을 만큼 먹으니 세상에 보이지 않던 것이 다 보인다 탓할 일 생겼을 때 내 탓하지 않고 남 탓할 수 있는 사람은 얼마나 행복한 것인가 전에는 바다를 이름 자字로 넣어주시지 않은 아버지를 원망했지만 지금은 큰 인물 못 됐을 때 제 탓하지 말고 이름 탓이나 하라고 내 이름에 택 자字를 넣어주신 아버지의 혜안에 그저 감사할 뿐이다

우리 학교에 입학해 올해 나와 함께 국어 공부하는 학생들 이름 중에는 제일 많은 다은이, 다은이와 많기로 다투는 하은이, 부르면 입술에 풀물 들 것 같은 초록이, 싫어하는

사람 없이 좋아할 사람만 있을 것 같은 아해가 있다 살아가
면서 탓할 일 없을 것 같은 좋은 이름들이다

제
2
부
/
묘
비
명

묻지도 말아라 내일 날에

1

두 시간 넘게 방문 걸고 공부하는 딸 보면 저렇게 공부해서 무슨 영화 보려나 딱한 마음 일지만

20분 넘게 텔레비전 보며 킬킬대는 딸 보면 저렇게 놀아서 나중에 밥은 먹고 살려나 한심한 생각이 든다

2

멀리 나가 공부하는 아들이 어쩌다 온다고 연락해오면 애 엄마는 마음부터 바쁘다 아들이 좋아하는 음식 재료를 빠짐없이 메모지에 써 냉장고에 붙여놓고는 빠진 것이 혹 있을까 들여다보고 들여다보고 자다가도 벌떡 일어나 또 들여다본다

어려서부터 지금까지 아들이 좋아하는 음식을 빠심없이
차려놓은 식탁은 참말로 진수성찬이다 그래 놓고는 엄마 들
으라는 듯이 집밥이 최고여 정신없이 먹고 있는 아들한테 매
몰차게 밥맛 떨어지는 소리 한다 그렇게 먹으니까 살찌지

콩팥과 나

혹시 한쪽을 떼주셨나요 하고 물은 건
내 몸을 들여다보던 의사였네
남에게 주는 걸 못 하는 내가
한쪽 떼줄 일 생겼을 때
쩨쩨하고 쪼잔한 모습 보이지 말라고
하늘이 아예 처음부터 한쪽만 주신 거 아닐까
생각하면서도 그동안 겁나게 외롭고 힘들었을
자네한테 아주 미안한 마음이 들었네
앞으로 자네 위해서 술 좀 줄이고
대신 산수유나 오미자를 많이 마시겠네
햇수로 따져 지나온 절반만 더 고생하시게
미안하고 고마우이

세상에 외롭고 힘든 것이 어찌 나뿐이겠나
늦게라도 알아주니 고맙구먼
이게 시라니까 거두절미하고
동병상련이라는 말 있잖은가

자네 처지 생각해서 이제부터라도

한 귀로 듣는 사람

한 눈으로 보는 사람

한쪽 팔 한쪽 발로 사는 사람

심지어 두 사람 몫을 혼자 짊어지고 사는 사람

생각하며 살게나

그렇지 않을 땐

자네와 난 영원히 이별일세

묘비명

전주 이씨 덕천군파 17대손으로 태어나 양반가 한양 조씨 집안의 둘째 딸을 아내로 얻어 평생 농사꾼으로 살았다 땅에 대한 애착이 커 여기저기 마련한 농토가 많았다 무학이나 총명하여 어깨너머로 한글과 한문을 깨쳤다 여러 사람의 권유로 잠시 농협조합장이라는 권력을 쥐기도 했다 인품이 훌륭해 동네의 갈등과 분쟁을 원만하게 해결해 다른 사람의 많은 존경을 받았다 풍채가 당당하고 거침없어 여러 여인들의 사랑을 받았으나 정작 본인이 사랑한 여인이 아내 외에 또 있었는지는 알 수 없다 욕설 한마디 하지 않았으며 화가 나더라도 욕설 대신 위엄으로 상대를 제압했고 그 위엄에 제압당하지 않은 사람은 없었다 밭에서 고추 따는 것을 유독 싫어하였는데 그 이유가 적녹 색맹이었기 때문이라는 설이 있다 농사일을 할 때는 베잠뱅이에 소매가 있는 런닝구를 입기도 했지만 면이나 읍에 나갈 때는 아내가 해준 비단 한복에 검정 두루마기를 입었다 그 모습이 길 가는 사람으로 하여금 자꾸 뒤돌아보게 만들었다 가축을 사랑하여 집안에서 안 되는 가축이 없었으며 특히 소에 대한 애정이 깊었다 집에서 기른 황소가 읍의 우량품종 대회에 나가 대상을 받은 적도 있었으며 그 황소가 읍의 종우로 뽑혀 출장 교미를 나가기도 했다 풍채 좋은 주인과 우량품종인 황소가 함께 출장 교미 나가는 모습은 여인들의 눈을 호강시켜주었다 누에를 잘 쳐 한동안 집 대문에 이인면 양잠 시범농가라고 붉은 페인트로 쓴 반짝반짝하는 양철 조각이 붙어 있기도 했다 송사에도 밝아 브로커에게 넘어가는 종산을 찾아 새로 선영을 마련하여 조상님들을 이장하였다 선영의 양지바른 곳에 가묘를 써놓고 춘강지묘라는 묘비를 미리 세워놓아 자식들로 하여금 호가 춘강임을 알게 하였다 대다수의 남자가 그렇듯 젊은 날에는 아내에게 무소불위의 존재였지만 나이가 들수록 이빨 빠진 호랑이가 되어 아내의 말에 순순히 따랐다 말년에 전립선으로 고생하다가 83세의 일기로 눈을 감았다 이곳에서 약 10년을 누워 아내를 기다리다가 드디어 해후한 후 영원히 잠들었다

한양 조씨 집안의 둘째 딸로 태어나 전주 이씨 집안의 농

사군과 결혼했다 무학이나 지혜로워 어깨너머로 한글을 깨우쳤다 그러나 읽을 줄만 알지 쓸 줄을 몰라 군대 간 아들에게도 편지를 못 써 가슴에 있는 말은 안에 감추었다가 면회 가서야 내놓았다 그래서 말이 늘 깊이가 있고 두터웠다 종갓집 집안의 맏며느리로 들어와 그 많은 대소사를 빈틈없이 치러내 친척이거나 이웃이거나 간에 존경하지 않는 사람들이 없었다 풍모가 빼어난 남편을 두었으나 오히려 그 때문에 마음을 끓였으며 남편에게 여러 여인이 있었다는 것을 자식들에게 이야기한 걸 보면 그 속 아픔이 어떠했을지 짐작된다 빌어먹을이라는 욕을 자주 하였는데 평소 듣기에는 전혀 욕설 같지 않게 들렸으나 푸념으로라도 남편 좋아하는 여인한테 할 때는 진짜로 빌어먹을 것처럼 들렸다 남편이 고추 따기 싫어하는 이유가 빨간 고추와 파란 고추를 구분하지 못하는 데 있다는 걸 나중에 알았다 남편한테는 고운 한복 해주고 정작 본인은 그저 장날 난전에서 파는 허름한 몸빼 입고 일하였고 혹 읍내에 나갈 일이 있어도 입은 옷 그대로 머릿수건 벗어 먼지만 툴툴 털고 나갔다 그러나 나이 먹을수록 남편과 격을 맞추려고 그랬는지 날로 고운 옷을 좋아하게 되어 나중에는 읍내에 단골집까지 두고 옷을 사 날랐다 종갓집 집안의 맏며느리답게 음식 솜씨가 좋았으며 특히 술을 잘 빚어 명절이면 세배 차 왔다기보다는 술맛을 구경하러 온 사람들로 집안이 붐볐다 남편이 양잠을 끌어오고 시작하기는 했으나 뽕밭 매기, 뽕 따기, 누에 뽕 주기, 누에 올리기, 고치 따기 등의 일을 빠삭하게 알아 때를 놓치는 일이 없었다 따지고 보면 이인면 양잠 시범농가라는 호칭을 얻는 데에는 남편보다 역할이 컸다 젊은 날에는 남편 말에 순응했으나 나이가 들수록 남편 말에 지는 적이 없었다 말년에 둘째 아들 집으로 생일상 받으러 갔다가 욕실에서 넘어지는 바람에 복합골절되어 거의 10여 년을 누워 지냈다 노인병원에서 6년 가까이 외롭게 지내다 10여 년 먼저 눈을 감고 무덤에서 기다리는 남편과 눈물로 해후한 후 더 이상 속 끓일 일 없이 영원히 잠들었다 향년 90세

제비꽃

나는 꽃 이름에 관한 한 젬병이다
이쁜 꽃을 보면 이름은 잘라먹고
겨우 한다는 소리가
와 저 꽃 참 이쁘네,다

어머니 제삿날 산소에 올랐다 거기
묘마당 마른 잔디 위
따뜻한 봄 햇살 속에
어려서 본 것 같은 가냘픈 자주 꽃이
군데군데 피어 있었다

저 꽃이 뭐더라 하는데
작은형이 대뜸 제비꽃여 한다
아 요즘 시집 속에서나 읽었던 오랑캐꽃
그 제비꽃을 여기서 보는구나

봄이 되면 부모님은

처마를 죄다 제비집으로 내주고도
마루 끝에 똥이나 싸지 말라고
널빤지를 정성껏 잘라
받침대를 매달아주시곤 했다

제비에게 처마 내어주시는
살아생전 부모님을
다시 보는 거 같아 어릴 적
마루에 누워
제비집 올려다보는 기분으로

따뜻한 묘마당 차지하고 있는
제비꽃을
한참 동안 바라보는 것이다

시인의 친구

에이포도 아닌 오엠알 카드에
보고 잡다 빽빽하게 글 써 보내
이런 것도 참 편지가 되는구나
감동하게 하더니

취하도록 마신 다음 날에는
야 너한테는 별 얘기 다 해도 안 부끄러워야
내가 할 말을 문자로 보내와
나를 안 부끄럽게 하더니 그 친구가

일언반구 언질도 없이
작가의 친필 사인이 들어 있는
창비시선 30권을 덜컥 보내와
나를 시인으로 만들었다

꼭 추천을 받고 등단을 해야 시인인가
시집 곁에 끼고 그 시집 흉내 내며

시답지 않은 시라도 *끄*적이면
그 또한 시인 아닌가

이번에는
그렇게 *끄*적거려놓은 시를
시집으로 내준다며
덜컥 가져가버렸다

무릇 시인이 되려면
이런 친구 하나쯤은 있어야 하지 않겠는가

뭐 없다고 안 되는 건 아니지만

장화

아직 큰길에 아스팔트포장이 되기 전
어떤 겨울도 장화를 이길 수 없고
장화는 또 어떤 날씨도 이겨낼 수 있을 때 일이에요
동생에게만 장화를 사주시던 아버지가
어쩐 일인지 나에게도 장화를 사주신다고 하여
아버지를 따라 이인장에 갔었어요
볼일이 남았다고 먼저 가라고 하신
아버지를 장에 두고
삐까번쩍 윤기 나는 새 장화를 신고
큰길 따라 폼나게 돌아오고 있었지요
학구學區가 달라 우리와는 평소 사이가 좋지 않은
애들 서넛이
자치기를 하다가 나를 발견했어요
와 소리를 치며 그 애들은
큰길에 깔린 돌멩이를 양손에 쥐고
토끼몰이 나온 양 쫓아왔지요
큰길 따라 똥줄 빠지게 도망쳤지만

장화와 고무신은 처음부터 비교가 안 되었어요
다급해진 나는 큰길가의 논으로 뛰어들었는데
살얼음이 살짝 깔린 논은
잘못 디디면 발이 빠지기도 하여
장화 신은 나에겐 최상의 피난처였어요
돌멩이가 빗발처럼 스쳐 지나간 후
논바닥 위로 떨어지는 돌멩이 소리가
등 뒤에서 멀어졌다고 느낄 때쯤
뒤돌아보니 나는 사정거리에서 한참 벗어나 있었어요
부러움과 약 오름으로 얼굴이 붉어진 그 애들에게
에라이 이놈들아
하고 감자를 먹이기 시작했어요
감자는 주먹에서 발로 발에서 머리로
점차 커졌어요 그러자
그 애들 얼굴이 더 붉게 물들었어요
아 그때의 기분이란
유방이 항우를 물리치고 세상을 얻었을 때보다

더 통쾌했어요

장화는 내게 물욕이 생기게 한
첫 번째 물건이었어요

성묘

아버지 숟가락에
머리를 두들겨 맞으면서도
당신이 남기신 밥그릇 향해
덤벼들던
승냥이 새끼 같은 손자들을
기억하시는지요

당신께서는 밥그릇을
한 번도 다
비우지 않으셨어요

한 톨 한 톨 내리쬐는 가을 햇살은 죄다
할머니 무덤가로 모여들어
할머니가 남기신 쌀밥 같다는 생각이 드는
따사로운 추석날
정오

어머니의 기곳날

상차림이 거의 끝나가고

자식들 옹기종기 모여 앉아

참외를 좋아하셨던 생전의 어머니

얘기를 나누다가 누군가

혹시 어머니가 와 계실지도 모른다는 얘기를 했던가 그때

어머니 사랑을 듬뿍 받았던 막내가

저기 어머니 오시네 한다

어머니의 자식들 창문으로 시선을 주고

거기 창문 밖 어둠 속으로부터

손톱만 한 하얀 나방이 우아하게 날아들어 오신다

모두들 몸이 굳어 쳐다보는데

하얀 나방 아니 어머니는 방을 한 바퀴 선회하시더니

자식들이 잘 보라고 방에서 가장 밝은 곳

천장에 매달린 등 곁에 앉으신다

이윽고 제사가 시작되고 생전에

자식들 앞에서 배고픈 내색 않으셨던

어머니는 제삿날에도

제사상으로 내려오실 생각을 않으신다

그러나 자식들은 안다

자식들이 절을 드리려고 엎드린 사이

또는 합문하고 밖으로 나간 사이

부엌에 숨어서 찬밥에 물 말아 드시던

생전에 어머니처럼

제사상에 내려앉아 자식들 모르게 그렇게 잡수셨을 것
이다

제사가 끝나고 자식들 음복을 나누어 마시느라 부산한
틈을 타

천장에 계시던 어머니께서는 슬그머니 돌아가셨는데

제삿밥 먹으면서 또는 여름날 1박2일 놀러갈 얘기하면서

자식들 시선이 자꾸만 창밖으로 날아가는 것을 보면

어머니도 돌아가시면서 자꾸만 방 안을 돌아보셨을 것
이다

열구서

어디를 가도 울창한 숲인 대마도엔 한국인들이 주로 묵는 오래된 목조 가옥이 하나 있지 우리가 묵은 곳은 2층 다다미방인데 넓은 창으로 숲이 보였어 바람 타고 오는 새소리 들리고 베개 밑에서는 풀 냄새가 올라왔지 같이 갔던 윤표 형이 연신 감탄을 토해놓던 방이야 밥을 두 번 먹었는데 주방장을 겸하는 그 집 남자 주인장은 그 더운 여름에 정장 차림을 하고는 밥 먹는 우리한테 와서 엎드려 절하곤 했어 음식 맛은 좋았지만 민망함을 삼키느라 그게 더 고역이었던 집이야 그러면 그 집을 대표하는 것은 풀 냄새 올라오는 다다미방일까 주방장을 겸하는 주인장일까

2층 객실 즐비한 끝 모퉁이에 남녀 화장실이 하나씩 있었어 그 화장실을 말할 것 같으면 몸에 꽉 끼는 옷 입고 있는 기분이랄까 변기에 앉으면 머리가 문에 찧어 고개를 빳빳이 세우고 있어야 할 만큼 좁은 화장실이었어 벌레가 집을 지을 때 몸 주위에 얼마만큼의 공간을 남길까 생각하게 하는 화장실이었지 비데도 없는데다가 손으로는 도저히 뒤처리를 할 수 없어 나는 화장실에서 나오자마자 샤워실로 뛰어가

지 않을 수 없었어 윤표 형은 나보다 늦게 화장실에 다녀왔는데 어찌했느냐고 물으니 열구서 안 했어? 난 열구서 했는디 하는 게 아닌가 아 윤표 형의 저 창의성과 개방성은 어디에서 나오는가 아니 윤표 형에게 창의성과 개방성을 안겨준 저 좁은 화장실을 어찌 존경하지 않을 수 있겠나

　그러니 그 집을 대표하는 것으로 다다미방도 아니고 주인장도 아니고 단연 그 좁은 화장실을 꼽을 수밖에 그런데 똥과 관련된 추억은 언젠가 반드시 떠올려지는 법 그 언젠가를 위해서 우리는 그 집을 '열구서'라 명명하기로 했지 키득거리면서 또 낄낄대면서 말야

발자국

어린 시절
진짜표 타이언가
타이어표 진짠가 하는 새 고무신
학교에 가려고 논둑길 걸으면
논둑길에 찍힌
다이아몬드 모양의 기하학적 무늬
뒤를 보고 걷느라
잘 걷지도 못했습니다

청년 시절
겁 많고 의지 얇은 나는
이리 휩쓸리고 저리 휩쓸려
고양이 발자국인지 개 발자국인지 모를
어지러운 발자국만
남겼습니다

육십이 가까워지는 지금

발자국으로 시를 씁니다

그러나 시가 아무에게서

나오는 것이 아니라는 것과

아무리 노력해도

어린 시절 고무신 발자국보다

아름답지 못하다는 것을

서서히

깨달아가고 있는 중입니다

배지 불렀구나

풍요롭지 못한 시절에도 난 배지가 불렀었는데요 시골 선생으로 발령받아 하숙집도 마땅찮을 때 어머니가 따라오셔서 밥 해주셨어요 어머니는 늘 한 숟가락이라도 더 먹이려 했고 난 그게 싫어 됐어요 배불러요 거부했지요 그때마다 어머니는 배지 불렀구나 하셨는데요 먹을 것만 가지고 그런 건 아니셨어요 시장에 가서서 옷도 사오셨는데 한번은 어수룩한 잠바를 사오셨길래 이런 걸 뭐 하러 사오셨어요 그랬더니 또 배지 불렀구나 하셨어요 그때는 어머니의 깊은 속을 알 수가 없었는데 내가 애들 낳고 그 애들이 제법 어른 티를 갖춰가니까 그때 그 언짢고 섭섭했을 어머니의 속마음을 짐작할 수 있겠더라구요 지금은 어머니 가신 지도 한참이나 돼버렸는데요 배지 불렀구나 하는 어머니가 그리운 건 무슨 연유일까요 그래도 사는 건 밥심이다 밥 더 먹어라 하는 사람 없고 요즘 세상에는 어수룩하게 뵈는 게 장땡이다 하는 사람 없어서겠지요 그렇다 해도 혹 어머니께서 다시 오신다면 배지 불렀구나 하는 말 듣지 말아야 할 텐데요 그러나 자신 없어요 어머니가 그 말씀 하시던 그때와는 달리 지금 세상은 풍요가 넘쳐 배지 부른 사람 천지가 돼버렸거든요 우선 나를 봐도 배고파서 밥 먹은 적 없고 철철이 갈아입을 옷 없어 옷가게 가는 게 아닌 게 돼버렸거든요

풍화되지 않는 바윗돌이 있다

품 넓은 누나가 있습니다 대학 때 돈이 궁하거나 이런저런 핑계가 없어도 무시로 누나네 서점으로 갔습니다 서점은 담배도 팔았는데 청자나 한산도만 피우던 내가 거북선이나 선을 마음대로 피울 수 있는 곳이기도 했습니다 사람 없을 때 잠깐잠깐 서점을 보기도 했는데 포장지로 책 싸는 방법을 배운 건 그때였습니다 담뱃값 걱정 안 해도 되니 방학 때면 며칠이고 아주 눌러살았습니다 누나는 대학생 동생을 은근히 자랑스러워했는데 누나에게 자랑스러운 이 싸가지 없는 놈이 무엇에 단단히 씌운 날 있었습니다 서점은 장사가 잘돼 계산대 위의 돈통에는 만 원짜리가 수북했습니다 어찌어찌해서 혼자 서점을 보게 된 날 만 원짜리 한 장을 슬쩍 꺼내 엄지손톱만 하게 접고 접어 청바지 앞 작은 호주머니 속에 감추어 두었습니다 그 당시 거북선이 삼백 원 할 때이니까 만 원은 큰돈이었습니다 그때 가슴이 콩닥콩닥 뛰었는지 기억에 없습니다 다만 이후로 바윗돌 같은 것이 가슴을 눌러오는 것이었습니다 그 바윗돌은 편히 잘 자고 있는 날에도 문득 가슴을 눌렀고 어쩌다 누나를 보고 온 날은 더 무겁게 짓눌렀습니다 아 그 바윗돌은 오랜 세월에도 풍화되지 않았습니다 한참 세월이 흘러 누나랑 술 한잔 하면서 별별 이야기를 다할 수 있게 됐을 때 슬쩍 술 취한 척 고백했고 누나는 그런 일이 있었느냐며 웃었습니다 누나의 웃음은 잔잔한 물결이 되어 바윗돌을 어루만져 주었습니다

어제 우리 반에서 새 휴대폰 분실 사고가 나서 내 이야기를 했습니다 혹 누군가는 가슴속에서도 풍화되지 않는 바윗돌 같은 것이 있다는 것을 언젠가는 깨닫게 되지 않을까요

필연

윤표 형네 농장에서
고구마 캐고 오던 날
도로를 건너던 물뱀을
미처 피하지 못하였다

목숨 부서지는
소리와 진동이
묵직하게
타이어를 타고 올라왔다

그해
대학 다니던 아들이
두 번째 유급을 당했다

모르긴 몰라도
첫 번째 유급 때도
이와 같은 일이 분명

있었을 것이다

월선

부여읍 동남리 장원집
찢은 북어와 똥 뺀 멸치 그리고 구운 김이
공짜 안주로 나오는
돈 없는 선생들이 주로 다니던 가정식 맥주집
그 집 주인은 여기 오기 전 새벽까지
돈을 세다가 껌뻑껌뻑 졸기도 했을 정도로
장사가 잘됐었다는데
남편이 다른 여자를 보자
돈 다 가지라고 하고
애 긁어내고 자궁까지 들어내고
남편과 헤어져 가랑잎처럼 흘러온 여자
원래 이름은 아무도 모르나
누구든 월선이라 불러주는
토지 속 월선과 닮은 여자
화 한 번 내지 않았지만 그렇다고
소리 내어 웃지도 않아 어찌 보면 꼭
쓸쓸한 낮달 같았는데

전교조 행사 때면 맥주 상자와 안주를

푸짐하게 보내주고도

오히려 고맙다는 말 듣기를 거북해하며

수줍게 웃곤 했던 여자

억지 맞선 본 다음

선본 남자의 횡포를 피해

급히 살림 정리하고

또 어디론가 가랑잎처럼 흘러 간 여자

누구든 사랑하면서도 또

아무에게도 사랑 주지 않으면서 살아갈 것인데

이제는 장원집마저 헐려

오줌 싸던 뒤란 감나무만 덩그러니 남아 있고

경지정리로 기억조차 가물가물해져가는

내 고향 냇가의 느티나무 같던 여자

월선

하관

어머니 이젠 모든 것으로부터
벗어나
자유로운 영혼이 되셔요

일요일만 되면 무표정한 얼굴로
무언가 기다리는 듯 두리번대는
어머니 같은 늙은 사람들과
짜증 섞인 바나나 몇 개 내놓으며
할 일 다했다는
어머니의 자식 같은 자식들로 어수선한
6년 동안 몸담았던
우울하고 낡은 냄새나는 병실로부터
벗어나
이젠 자유로운 영혼이 되셔요

백내장인가 녹내장인가로
눈 하나를 잃으신 지 어언 20년

그동안 한쪽 눈으로만 보셨을
답답하고 칙칙한 반쪽 세상으로부터
벗어나
밝고 아름답고 온전한 세상
굽어볼 수 있는
자유로운 영혼이 되셔요

둘째 아들로부터 생일상 받으러 가셨다가
욕실에서 미끄러져 복합골절 되신 어머니
걷지 못하신 지도 10년 가까이 됩니다
이젠 보전하셨던 자리에서 일어나
1일, 6일이 되면 공주장에 가셔서
호떡도 사 드시고 인절미도 사 잡수셔요
가고 싶은 데 마음껏 가시고
잡숫고 싶은 거 마음껏 잡수시는
자유로운 영혼이 되셔요

어머니,
소원이셨던 아버지 곁에 누우시니까
좋으신가요
저승에서 아버지가 외로우셨던 것보다
이승에서 더 외로우셨을 어머니
아버지 만나 이승에서 못다 누린
오순도순한 정 나누시고
만단정회 하셔요
누우시기 전까지 걸어다녔던
눈에 아득한
논길과 들길 그리고 목동리의 마을길도
샅샅이 누비셔요 신바람 나게 다니셔요
아버지와 함께

그러면 어머니
저희들도 어머니로부터 벗어나
자유로운 영혼이 될 수 있을 거여요

어머니 편히 쉬서요

어머니 안녕

제 3 부 / 이인삼각

각설이

평생 농사꾼으로 사신 아버지는
봄이 오면
벼농사의 시작으로 논두렁을 치셨다
삽으로 논흙을 떠 두렁에 바른 후
착착 소리를 내며 다지셨는데
솜씨가 어찌 좋은지
어린 내가 보기에도 눈이 부셨다 그리고
아버지의 솜씨에 갇힌 물은
한 방울도 새나가지 못하고
여름 내내 햇빛에 반짝거리며
아버지의 벼를 살지게 길렀다

새 학기가 시작되던 지난봄
평생 선생으로 사는 나도
아버지의 마음으로 두렁을 쳤다
올해는 끝까지 가보리라
교육일기장도 장만했다

함께 읽는 시도 준비했다
무슨 일 있어도 화내지 않으리라
공부 안 해도 스트레스 받지 않으리라
교재 연구 게을리하지 않으리라
열심히 두렁을 친 후
마음의 물을 가뒀다

그러나
여름 오기 전 벌써
내 논두렁은 무너지고 말았다
물도 다 새나가고 말았다
그러고는
벼와 사람은 어차피
다르다며 말도 안 되는 핑계로
내가 나를 위로하며
작년에 왔던
각설이가 되고 말았다

등교

제주도 곶자왈에는 팻말이 서 있다

곶자왈의 나무는
곶자왈에 있을 때 가장 아름답습니다

사월을 자줏빛으로 물들이는 자운영은
논에서 아름답다
여름날을 하얗게 덮은 개망초는
길가에서 더욱 아름답다
산 위의 구름 숲속의 새 강가의 버드나무도
또한 아름답다

학교 때려치우고 일 년 동안 알바하다가
복학한 수진이
후배도 어렵고 공부는 더 낯설다
그래도 꿈 찾을 수 있을까
가방 메고 진입로 오르는 수진이

교복 위에 떨어지는 햇빛이 순하다

가만 보고 있으면

자운영 같기도 하고 개망초 같기도 한 수진이는

어디 알 수 없는

먼 곳 다니다 돌아온

곶자왈 나무다

고3 교실

다섯 수레 넘는 수능 책 있고
일력보다 빠른 수능 달력 있다
다리 펴지 못한 의자 있으며
변비 달고 사는 무거운 엉덩이 있다

질기디질긴 졸음 있고
아무 때고 나오는 한숨 있다
누가 물으면 그냥이라고 대답할 우울 있고
죄 없이도 일어나는 죄책감 있다

또
누구나 학습 플래너 있다
그 속에
누구에게나 감정이입되는 자학 낙서 있다

야근은 2급 발암물질이라는데
야근보다 더한 야자 먹고 사는

고3 있고

고3은 사람도 못 되는가
저기 사람하고 고3이 간다는
말 속의 그
고3 있다

봄꽃이 누구에게나 다 좋은 것은 아니다

우리 반 총무 윤희는
참고서값 걷어 담임한테 맡길 때
봉투 겉면에
총 몇 원이라고 쓰지 않고
만 원짜리 몇 장, 천 원짜리 몇 장이라고 쓴다
한눈에 알아보기 쉽게
담임을 위해서 그러는 것일 게다

꽃가루 알레르기가 있는 윤희는
체육대회 날에도
교실에서 응원한다
어제는 반 아이들이
창문을 못 연다며 조퇴시켜달라고 왔었다

이른 새벽부터
비바람이 세차게 몰아치는 오늘 아침
교실에서 만난 윤희가

오늘은 날씨가 좋네요
하면서 웃음을 폴폴 날린다

밖에서 날리지 못하는 꽃가루가 안에서 날리고 있다

시심詩心이란

1

교실에 벌이 날아들면
너도나도 책에서 눈을 떼는 대신
벌에게서 눈을 떼지 못하는 것
혹 벌에 쏘일까봐 이리저리
머리를 내두르면서도
창문이란 창문은 있는 대로 다 열어놓는 것
벌이 천장을 향해 수없이 머리를 들이박을 땐
답답함과 안쓰러움을 느끼고
벌이 유리창에 부딪힐 땐
옅은 탄식과 함께 아쉬움을 느끼는 것
벌이 그렇게 한참을 헤매다가
창문을 찾아 하늘로 날아오르면
가슴을 쓸어내릴 정도는 아니더라도
그래도 후련함을 느끼는 것

2

교실에 갇혔던 벌이
창문을 통해 날아간 뒤
벌의 다음 행적을
교실에 앉아 떠올려보는 것
세상에 벌이 줄어들어
씨를 맺지 못하는 꽃들이 많다는데
여름의 끝 기다림에 지친
운동장 구석의
노란 들꽃 한 송이
그 위에 올라앉아
희롱하는 벌을 생각해보는 것
시심이란
내년 여름 운동장 구석을 덮을
노란 들꽃 군락을 상상해보는 것

삼겹살데이

먼 훗날 우리가 만나면
어느 날부터 기억할까
목련이 지는 줄도 모르고
급식실로 달려가던 우리였으니까
아마 오늘부터 기억하리

하늘은 파랗고 바람은 맑았어
일찍 체육대회를 끝냈고
오늘 같은 날은
우승 같은 거야 남에게 줘도 괜찮았어

그저 친구만 곁에 있어도
좋아 죽을 우리들한테
삼겹살이 있다는 건
세상에 부러울 것이 없다는 것

불안한 내일도 알 수 없는 미래도

멀찌감치 밀어놓고
종이컵에 사이다 따라서
빛나는 청춘 오늘을 위하여 건배했어

그늘을 내주었던 고마운 나무들도
길게 손을 뻗어 건배에 동참했어
지나던 바람도 기웃거렸고
내리쬐는 햇살도 불판을 찔러댔어

오늘은 입에 대해 이율배반적이었어
음식을 남기는
짧은 입은 원망의 대상이었고
쉼 없이 수다를 풀어내는
누에 같은 입은 경탄의 대상이었어

하지만 눈만큼은 착실했어
날아가는 새와 지나가는 구름을

부러움 없이 쳐다봤어
우리들을 토해놓고 멀뚱히 내려다보는
교실을 올려다볼 줄도 알았고
오늘따라 오지 않는 백구를 기다리며
자주 교문에 눈길을 주기도 했어

누군가를 미워하지는 않았지만
특별히 좋아했던 우리들은
우정과 약속 그리고
오늘과 먼 훗날을 가슴에 담았고
새잎에 돋는 실핏줄 같은
은밀한 눈빛도 주고받았어

우리 다시 한 번 건배해
오늘을 위하여
먼 훗날을 위하여
그리고

우리들의 은밀한 눈빛을 위하여

임플란트

교무부장님 오늘 조퇴 올렸습니다

넵 좋은 일이시죠…… ㅠㅠ 안 좋은 일이네요 잘 다녀오
세요

ㅎㅎㅎ 좋은 일입니다 이빨을 세 개씩이나 새로 얻으러 가
는 겁니다 축하해주세요

그냥
진짜 별생각 없이
관심 써주신 보답으로
답장해준 것에 대한 답장으로 보냈는데
보내놓고 보니
내 말이 아주 그럴듯해

순간 병원 냄새 사라지고 이 갈아내는 그 무슨 기분 나쁜
소리 사라지고 눈가림의 답답함 사라지고 두 시간 동안 벌

리고 있을 턱 아픔도 사라지고 토할 때보다 더한 침과 핏물 넘어가는 역겨움도 사라지고 입에 무시로 드나드는 그라인 더와 펜치와 핀셋과 무지막지한 주먹을 어찌해볼 도리 없는 무력감도 사라지고

　무른 텅 빈 잇몸에 금강석보다도 더 단단한 악어 이빨 세 개가 꼭 차게 들어앉은 것 같아 세상의 질기디질긴 것들 이 를테면 나일론이라든가 고무신 또는 이 세상 살아가는 일 그리고 고래 심줄보다도 더 질긴 당신과의 인연도 질경질경 씹어 삼킬 듯했습니다

변심

멍 때리는 얼굴만큼
평화로운 것 본 적 있는가
나무가 평화로운 것은
아무 때고 멍 때리기 때문이다

멍 때리는 학교를 꿈꾼다
멍 때리는 기계도 보고 싶고
멍 때리는 대통령도 보고 싶다
가끔은 나라도 멍 때려야 한다

아무것도 하지 않으면
죄악시되는 이 시대에
남은 꿈이 있다면
멍 때리기 학교를 세워
실력 있는 인재를 기르는 것
그리하여 국가와 자본에 대항해보는 일

나는 이 세상이

제 몸을 있는 그대로 내버려두고

생각도 끌어모으려 하지 않는

나무 같은 평화로 채워지길 기도한다

오해

초등학교 시절 집에 오면 소 뜯기러 나가는 게 하루의 일과였습니다 소가 풀 뜯을 때 나는 삘기도 뽑다가 찔레 순도 꺾다가 물수제비도 뜨다가 소에 붙은 쇠파리도 쫓다가 진디도 잡아주다가 하면서 무료함을 달랬습니다 하루는 소 눈등에 붙은 쇠파리 잡아주려고 고무신 벗어 알맞게 꺾어 쥐고 살금살금 다가갔습니다 (쇠파리 잡는 데는 고무신이 최곱니다) 마침 풀을 뜯던 소가 엉덩이 쪽으로 머리를 내두르다가 주인인 내 이마를 그만 뿔로 받고 말았습니다 엉덩이에도 쇠파리가 붙어서 그랬는지 눈등에 붙은 쇠파리 때문에 그랬는지 알 수 없지만 이놈의 소가 내가 매일 풀을 뜯겨주는 이놈의 소가 주인인 내 이마를 뿔로 받고 말았습니다 순간 눈앞이 캄캄해지고 별이 보이면서 넘어지고 말았는데 정신 차리고 일어나 보니 이마에 호두알만 한 혹이 붙어 있었습니다 은혜도 모르는 이놈의 소를 내가 매일 뜯기고 있었다니 배신감과 분노로 눈이 뒤집힌 나는 이놈의 소를 동구 밖 커다란 느티나무로 끌고 가 나무 밑동에 코가 닿도록 고삐를 바짝 매놓고는 이놈의 소가 이놈의 소가 몽둥이로 사

정없이 때려줬습니다 그때 나는 보았습니다 하염없이 흘러
나오는 눈물 말입니다

　살짝 긴장한 채 앞에 서 있는 지나한테 자습 시간에 얼마
든지 늦을 수는 있어 한껏 알량한 아량 베풀어 방심하게 합
니다 그리고는 왜 두 번이나 전화를 받아서 끊고 받아서 끊
고 그래 이 전화 발신번호 봐봐 했나 안 했나 하고는 창으
로 깊숙이 찌릅니다 엥 그게 무슨 말씀이세요 전화 안 왔어
요 정말로 안 왔단 말예요 지나의 간절하고도 촉촉한 눈이
그때 그 소의 눈과 어쩌면 그렇게 닮았는지요

　그리고 내 좁은 소견도 어쩌면 그렇게 하나도 달라지지
않았는지요

이인삼각

체육대회 날
학생과 교사가 한 조가 되어
이인삼각을 한다

팔을 끼면 안 되고요
선생님께서 제 어깨를 안으셔야 돼요
묶인 발 먼저 나갈까요
아니면 풀린 발 먼저 나갈까요

땅 하는 소리 들리고 다른 사람들
저만치 바람처럼 앞서 나간다
팔을 끼었는지 어깨를 안았는지
묶인 발이 먼저 나간 건지
풀린 발이 먼저 나간 건지

어쨌거나 바통은 무사히 건넸는데

애야 혜림아

발을 묶은 것은

빨리 가라는 것 아니고

함께 가라는 것이니

비록 우리가 꼴찌를 했을지라도

네 발 혼자 온 것 아니고

내 발 혼자 온 것 아니고

묶인 발 풀지 않고

네 발과 내 발 함께 왔으니

우린 성공하지 않았느냐

우린 승리하지 않았느냐

우리 소개서

1. 학습 경험과 느낀 점에 대해

수학요

오래만 붙잡고 있으면 되는 줄 알았지요

그런데 성적이 오르지 않는 거예요

누군가 개념과 원리를 잡아야 한다길래

그거 때려잡느라고 고생 좀 했지요

결국은 올랐어요 아니 안 올랐던가

잘 모르겠네요

다른 과목에도 이 방법을 적용했어요

그제야 개념 없는 놈이란 말뜻을 알겠더라구요

나중에 사회에 나가서도 이 방법을 적용해볼 참예요

사랑할 때도 개념부터

취업할 때도 원리부터

확실히 때려잡고 볼 거예요

그러면 사랑도 취업도 실패하지 않겠지요

2. 본인이 의미를 둔 교내 활동에 대해

우리 또래 학생들 누구나 그렇듯

동아리 하나 조직했어요

회장은 남에게 양보하고

나는 부회장 했어요 동아리 활동을 하는 동안

어려운 일이 많았지만요

결국은 다 극복해냈어요

그 과정에서 남의 말을 귀담아들어야 한다는 것도

협력의 중요성도 깨달았어요

아마 우리 또래들 다 깨달았을 테니까

앞으로는 이 세상에

저 혼자만 잘났다고 떠드는 놈

저 혼자만 잘 살겠다는 싸가지 없는 놈

하나도 없을 거예요

3. 나눔 배려에 대해

복지원으로 봉사활동 다니면서
애들하고 놀아도 주고
할머니들의 말벗도 되어드렸지요
진짜로 의미 있는 봉사활동이란
마음을 나누는 거라 생각해요
봉사활동 다니면서
나누는 삶
더불어 사는 삶의 의미를 깨달았어요
이 다음에 보세요
우리 또래가 어른이 됐을 때는
못사는 사람
소외된 사람 하나도 없을 거예요
필요 없게 되면 없어지는 다른 말들처럼
아마 소외니 나눔이니 더불어 사는 삶이니
하는 말들은 듣기 어렵게 될 거예요

근데요 양식장에서 길러진 광어나 우럭에게

무슨 놈의 자기소개서가 있나요

어디 비밀 하나 간직할 곳 있었나요

나 원 참 쓰다 보니 자기소개서가 아니라

우리 소개서가 됐네요

내가 대표로 쓸 테니까

다른 친구들 고생 안 시키면 안 되남요

헐

해 긴 여름날
소 뜯기고 들어와
저녁 기다리다 살풋 잠들었는데
얘 깨워 밥 먹여야지 하는 소리에
그냥 자게 둬
하는 말

식구들 모여
오징어 구워 먹는데
벌써 딱딱해진 다리를
내 쪽으로 밀어놓으며
아빠 다리 좋아하지
하는 말

선생이란 해가 갈수록
어린 세대 만나는 법인데
저희들한테서 맨날 듣는 그 말 배워서

개웃겨 한마디 하면

선생님 연세에 어떻게 그런 말 써요

하는 말

진실로 아름다운

소문이란 게 맞기도 하고 틀리기도 하지만
늘 사람보다 앞서 오는 법
새로 오는 교장선생님이 진상이라는 소문이
교장선생님보다 먼저 와 사람들 당혹케 했는데
소문보다 늦게 온
교장선생님 실제 이름이 진상이었다

교장선생님은 일반사회과 출신답게
학교의 주인은 학생들이라고 강조했는데
어느 날 인부를 사서
진입로의 측백나무를 모두 베어버렸다
매일 아침 촘촘히 늘어서서
학생들을 맞이하던 그 측백나무는
언제부터인가 속잎부터 누렇게 변해
생기를 잃어가는 중이었다

어떤 사람은 시원하다는 둥

또 어떤 사람은 허전하다는 둥 말들이 많았는데
졸지에 측백나무를 잃은 학생들은
급기야 교장실로 몰려가
항의하기에 이르렀다
학교의 주인은 학생이라고 하면서
주인과 상의 없이 측백나무를 베어냈다고
항의했다

며칠 후 교장선생님은
교내 방송을 통해 사과하고
이후부터 학생들과 상의 없이
나무 한 그루 베어내지 않겠다고 약속했다
이를테면 대국민 사과를 한 셈이다

그리고 얼마 후 스승의 날에
학생들은 교장선생님에게 상을 수여했다
감사의 마음을 담은, 그것도 세상에서 하나뿐인

진진진眞進珍 상을 수여했다

학교에 아름다운 일이 한두 가지겠는가마는
진실로 이런 것이 아름다운 것이다

파쇄기와 나

내 자리 옆에는
짐승 한 마리가 웅크리고 있다
교무실에서 사육하는 놈이다

저 놈의 주식은 나무다
나무를 주면 가로 째진 입으로
겔겔겔 게걸스럽게 받아먹는다
가끔은 욕심을 너무 부리다가
감당을 못 하고 토해놓기도 한다
그럴 때면 눈에서 붉은 빛의 레이저가 나온다
이틀이나 사흘에 한 번씩
옆구리에 붙은 똥구멍으로
배설물을 치워줘야 하는데
소화시키느라 파쇄된 배설물 속에는
잘게 잘린 새의 울음소리가
섞여 있기도 했다

나도 나무를 먹는다
나는 눈으로 먹고 배설은
똥구멍이나 다름없는 입으로 한다
배설은 내가 늘 하는 일이고
누에처럼 배설해 내 집을 만든다
과거 나도 나무를 많이 먹은
다음 날에는 눈으로
붉은 레이저를 쏜 적 있다
죽어서 나무가 되는 게 소원인 나는
결국 생을 근근이 버티기 위해
나를 먹는 셈이다

저 놈에게 나무를 먹이고
내가 나무를 먹는 것은 다
일신의 안위를 위한 것일진대

그동안 저 놈과 내가

먹어치운 나무는 아마

부소산만 한 숲 서너 개는 너끈할 것이다

선생은

애비는 자식 놈 입에 밥 들어갈 때 기쁘고
농부는 마른논에 물 들어갈 때 기쁘다

자습 시간 교실에 들어갔더니
순일이가 선풍기 물청소한다고 했어
칠판에 써 있다 그리고
웃음기가 붙은
송민과 혜림이가
다른 친구들에게 또 나에게
따따따따 입으로도 전한다
금세 내 뒤를 따라 들어온 순일이는
내가 언제 그랬냐면서 칠판을 지운다
어이 순일이가 착한 줄은 알고 있었는데
이렇게까지 착한 줄 몰랐네
셋이서 같이해 하니까
미리 약속이나 한 듯
한 입에서 나온 것처럼

밝고 크고 높고 씩씩한 소리로
예 하고 대답한다

그리고 며칠 후 더위가 오기 전
셋이서 교실 선풍기 네 대를 물청소했다
교실에서 밝고 크고 높고 씩씩한 빛이 났다

이만하면
아직은 해볼 만하지 않은가

제 4 부 / 다람쥐의 항변

성聖과 속俗

보르네온가 하는 어느 섬 밀림에는
제 잎사귀에 스스로 구멍 뚫는
라피도포라라는 식물 있다지
그 구멍으로 새어든 햇볕에
아래쪽 잎새들 자라고
벌레들은 한마을 이루며 산다지

저 코리안가 하는 나라 부여에는
아파트 천장에 구멍 뚫고 싶은
호모사피엔스라 불리는 사람 있다지
일요일에나 쿵쿵 울리는 소리 참지 못해
그 구멍에 확성기 설치하고 목청 좋은
나훈아나 하루 종일 틀어놓고 싶어 한다지

더 이상 백두산을 논하지 말라

하루 종일 비가 내리는 백두산 중턱
짙은 그늘을 배경으로
신이 마련하고 원시림이 양보해 물러앉은 자리
노랗고 빨갛고 푸르고
접시 같고 우산 같고 채양 같은 형형색색의 꽃과
눈에 익은 꽃이어도 처음 보는 것 같은 꽃들과
아는 꽃이어도 뭔가 다를 것 같은 꽃들과
들꽃 치고는 누가 길러준 것같이 키 큰 들꽃들과
꽃 아니어도 꽃 같은 풀들이
사람들이 모여 사는 마을보다 더 넓게
군락을 이룬 곳에서
한 떨기 꽃이 되어본 사람과

산 바닥에서부터 아홉 시간쯤 걸어 올라간 텐트 옆
백두산의 자궁에서 데워진
뜨거운 온천이 솟아 흐르는데 거기
누군가 돌을 쌓아 만들어놓은 노천탕

그 뜨거운 물속에 몸을 꼭 반만 담그고
반은 밖으로 내어 저 높디높은 검은 하늘에서
쏟아져 내리는 차디찬 비를 맞으며
이승에서 가져간 술로
반온 반한의 취한 신선이 되었다가 또
백두산 자궁 속의 고이 잠든 태아가 되었다가
문득 깨어나서
밤새 텐트 지붕을 때리며 내는 소리가
사실은 비가 아니라
별이 떨어지며 내는 소리였다는 것을
아는 사람하고

아직은 깊은 새벽
사방에서 들리는 물소리에 젖어가며
남은 길 부지런히 오르다 보면
어렴풋이 밝아온 여명에
앞의 절벽이 얼굴을 쓸어

어둠을 씻어내고 있다는 사실을 깨닫게 되고
우연히 뒤돌아본 광경에 입을 딱 벌리고 놀라게 되는데
거기 발밑에 깔린 무수한 군봉들이
부스스 몸을 떨고 일어나 새벽을 맞는
부산한 광경은 얼마나 장엄했던가

드디어 드디어 상상봉에 올라
어둠 밀고 오느라 더디 올라온 해와
천지를 사이에 두고 마주 선 후
내 속에서 일어나는 천지에 대한 감격보다도
높이에 따라 달라지는 원시림 속의 그 다양한 식생으로
흥분과 감동에 젖어 올라온 이 길이
사실은 이방의 땅임을 문득 깨닫고
천지의 그 차디찬 푸르름보다
더 서늘하고 처연한 현실에 빠져본 사람하고는

더 이상 백두산을 논하지 말라

다람쥐의 항변

기나긴 추위 속에서
어디에 숨겨둔지 알면서
배고픔 참는 거
그거 죽음보다 더한 겁니다

어떤 사람은
숲이 무성한 이유를 우리들
건망증 때문이라고 말하지요

천만에 말씀입니다

그건 나무 허리에 상처 내는
면목 없는 숲의 약탈자가
남의 공을 깎아내리려는
천박한
자기 위안에 불과합니다

신동엽 추모제

그해 4월에도
소위 의식화 교사인 우리는
신동엽 시비에 모여
학생들과 함께 추모제를 치렀다
진달래도 꺾어다 바치고
피보다 순수한 막걸리도 올렸다
묵념을 하면서 우리는
모여 썩어 거름이 되고자 하였다

추모제를 치른 다음 날
출근하자마자
교장이 득달같은 전갈을 해왔다
긴장과 두려움으로 교장실로 올라간
나에게 교장은
우리 반 교실에 있는
북어와 사과는 무어냐며
신동엽 추모제를 교내로 끌어들였다고

비난했다 빨갱이 짓이라고
비난했다

이 무슨 조홧속인가
황급히 들어선 교실에는
실제로 마른 북어와 사과가
교탁이 제단인 양 모셔져 있었다
아, 죽은 신동엽 시인이 살아 왔대도
이보다 놀라지는 않으리
웬 북어와 사과며 또
교장은 어찌 알았을까
나는 어찌하여 이 조홧속에 들어가 있는가
죽은 공명에 쫓기는 산 중달의 심정으로
허둥댔는데 알고 보니

교탁을 딛고 올라선 북어와 사과는
그날 들은 미술 시간 소품으로

애들이 가져온 것이고
교실에 제물이 차려져 있다는 얘기는
며칠 전부터 아침 일찍 교내 순찰을 돌던
학생주임이 전한 것이다
아, 그저 시대를 탓하는 수밖에는

세월이 한참 흐른 지금은
신동엽 시집을 넘겨 보는 것으로
추모제를 대신하는데
아주 가끔은
내 탓을 받았던 그 시대가
다시 돌아오는 것도 나쁘진 않겠다
고 생각해보는 것이다

달인

패딩 수선의 달인 박재길 씨
타거나 찢긴 패딩을 감쪽같이
새것처럼 만들어 사람들 감탄케 하는데
생활의 달인에 나와서 하는 말
패딩은 겉만 보는 게 아닙니다
그 속에는 사람들 모르는 것이
더 많이 들어 있어요 저울 없이
패딩 속을 1그램 단위로 측량하는 그의 솜씨는
가히 귀신이다 입이 딱 벌어진다
패딩 점퍼를 40년 넘게 수선해왔다는 박재길 씨
그 40년이라는 자막이 송곳처럼 날카롭다

몇 년 뒤면
학생들 가르치는 일로 40년이 되는 나는
여태까지 단 한 명의 학생도 수선하지 못했다
타거나 찢긴 마음을
들여다볼 수 없었다 그러니 어찌

그 마음을 1그램 단위로 잴 수가 있었겠는가
더구나 올해만 해도
고3 담임을 연달아 해온 지 10년쯤 돼간다고
달인처럼 떠벌이면서도
공부가 부족하다고 윽박지를 뿐
그 무거운 마음을 한 번도 헤아리지 못했다
그 마음을 저울에라도 달아볼 생각은 더더욱 못 했다

는 책망이 죽비처럼 내리쳐
비스듬히 누워 있는 나를
벌떡 일어나 앉게 만드는 것이었다

교통카드

지하철 탈 일 얼마나 있을까

교통카드를 만들지 않던 내가

올해는 교통카드를 만들었다

서울에 올라 다니면서

교통카드는 마법 카드임을 알았다

교통카드가 든 지갑째 탕 찍고

광화문 광장에 올라서면

거기 마법의 세계가 펼쳐져 있었다

숱하게 만나도 숲을 만들지 못한다고

어느 시인에게 핀잔받던 사람들이

나무가 되어 거대한 숲을 만들고 있었다

그 나무들은 제가끔 걸어도 숲인 채로

청와대로 헌법재판소로 총리 공관으로 이동했다

여러 종의 나무들이 모여 이룬 숲은

눈이 와도 바람이 불어도 춥지 않았다

다양한 언어들이 깃들어 사는 숲은

신기하게도 한목소리를 냈다

숲이 내는 온기에 젖어본 적 있는가
숲이 내는 외침을 들어본 적 있는가
그건 바로 마법의 세계였다

난 이 교통카드를 오래도록 간직할 것이다
어느 지하철역이든
지갑째 탕 찍고 올라서면 거기
마법의 세계가 펼쳐져 있기를 기대하면서
아니
마법이 필요 없는 세상이 오길 꿈꾸면서

단풍

북녘발 단풍 소식
간간이 들려오는 9월 하순
남녘에선 백제문화제가 한창인데
판을 벌였는지 저 아래 구드래에서
내 나이가 어떠냐는
노랫소리 반복적으로 들려온다 그 시간
한잔 하셨는가 얼굴 불콰한
남루한 아버지가
빨강 노랑 단풍처럼 잘 차려입힌
덩치 큰 지체 아들 손잡고
부소산에 오른다
이 나이에 아들 손잡고 다니는 것이 뭐
어떠냐는 듯
아버지는 아들 올려다보며
단풍처럼 웃는데 뭐니 뭐니 해도
이 시대 가장 아름다운 것 중 하나는
아버지와 아들이 손잡고 걷는 것

얼마를 내려오다 뒤돌아보니
때 이른 단풍 두 그루
그늘진 숲길 환하게 밝히며
느릿느릿 올라가고 있었다

로드킬

개망초는 산들바람에 몸을 맡긴다
풀벌레는 따가운 볕을 피해 몸을 숨긴다
굽은 도로는
아득히 산모퉁이를 돌아 나간다

잠자리 한 마리
한가롭게 강둑 위로 날아오르다
문명의 은빛 바큇살에 빨려 들어가
푸르륵 파열음 낸다
일순 도로는 딱딱하게 굳어지고
바람은 잔뜩 몸을 움츠린다

돌아보지 않아도

날개 잘리고 몸통 부서진 잠자리
환한 대낮에
겹눈을 갖고도 보지 못한

자신을 탓하며

한 많은 문명 세상과

작별을 고하고 있을 것이다

돌아보지 않아도

잠자리 겹눈 속에 비친 수많은

문명 세상

부서지고 있을 것이다

꺼져가고 있을 것이다

18세 선거권

건강하게 겨울을 난 음악실 옆 매화가 첫 송이를 매단 지 한 열흘쯤 됐나 매화가 이보다 더 좋을 수 없는 봄날

저 멀리 진도 앞바다, 어른들의 말에 포박당해 어둠에 갇혔던 18세의 영혼들이 물 위로 올라와 환한 세상에 안겼다 추위 견뎌낸 봄꽃 같은 영혼들 머리 위로 노을빛이 아스라이 번졌다 그날

제5회 아고라 대토론장, 법전 속에 갇혀 한가롭게 낮잠이나 자던 18세 선거권이 18세 애송이 소녀들에게 호출되어 나왔다 가당치도 않지만 18세 선거권은 일단 지켜나 보자고 했다 소녀들은 자신들이 불러놓고는 아직 나설 때가 아닌데 왜 나서느냐고 따져 묻는가 하면 다른 나라 같았으면 애까지 보았을 나이라며 호통쳤다

18세 선거권은 처음에는 피식 실소를 지었으나 이내 진지한 분위기에 압도당해 웃음을 거두었다 짝발을 슬그머니 끌

어당겼으며 두 손을 앞으로 모으는 등 공손 모드로 돌아섰다 장내는 잘 훈련된 두 나라의 군대가 잘 벼리고 잘 두드린 창과 방패로 밀고 밀리는 형국이었다 18세 선거권은 내내 애송이 소녀들의 애송이 같지 않은 준비와 논리와 순발력에 입을 다물지 못하다가

   법전 속으로 들어보내기 전 마지막 할 말이 있느냐는 소녀들의 물음에 18세 선거권은 한가롭게 낮잠 자다 불려나온 것에 분풀이도 할 겸 큰소리로 이 나라의 미래를 언제까지 어른들에게만 맡길 거냐며 그래도 나는 민주주의의 꽃인데 내 향기 한번 맡아봐야 하지 않겠느냐고 외쳤다 그 외침은 그대로 짙은 향기가 되어 낡은 강당을 메웠고 그리고 낡은 강당을 채웠던 애송이 소녀들 가슴속에도 4월 산의 연둣빛 신록처럼 번 져 나 갔 다

미얀마에서

장면 1

초원 속으로 난
가도 가도 끝이 없는 도로를
버스가 달린다
도로는 2차로는 될 만한 폭인데
도로 중앙에 1차로 정도만
포장되어 있고 차선은 없다
누구든 먼저 보는 운전자가
포장도로 밖으로 바퀴를 내리고 기다리다가
드디어 마주 오는 차와 교행한다
아무렇지도 않게
그래 왔다는 듯 그래야 한다는 듯
자연스럽다

장면 2

도로를 달리던 버스가
제법 긴 다리를 만났는데
버스와 열차가 함께 쓰는 다리인가
버스가 달리는 다리 위로 철길이 놓여 있다
버스에 탄 이방인들
버스 밑으로 지나가는 철로를 보고
입을 딱 벌리고 놀란다

장면 3

버스 통로 간이 의자에 앉아
내 의자 내 팔걸이에
머리를 기대고 졸고 있던
천연 선크림 바른

예닐곱 살의 미얀마 소녀가
내 팔에 머리가 부딪히자
까무잡잡한 얼굴 들어 무안한 듯 웃는다
내 것 아니면 네 것에 익숙한 나라에서 온
이방인이라는 것을 아는 듯
졸린 눈으로 묻는다
같이 좀 쓰면 안 되겠냐고

강물 녹조

　자전거 타고 난 날엔 자전거를 닦습니다 몇십 리는 기본이고 어떤 날은 100킬로 이상 달리는데 몸도 마음도 무거운 주인을 싣고 그 먼 거리를 달려오느라 고단했을 자전거의 숙면을 위하여 닦습니다 처음 가본 곳에서 묻혀온 설렜던 풍경도 닦아내고 길가에 줄지어 피어 있던 이름 모를 꽃들의 향기도 닦아냅니다 인생에 이런 바람만 있으면 살 만하겠네 소리 나오게 만든 뒷바퀴의 순풍도 닦아내고 성당 포구 다녀온 날엔 비닐 막으로 찬바람 막은 막걸릿집 아주머니의 넉넉한 인심도 닦아냅니다 서너 번은 더 들었을 애잔하고도 아련한 윤표 형의 첫사랑 얘기도 닦아내고 지칠 만하면 으레 나오는 여인네 속치마 같은 아슬아슬한 이야기도 닦아냅니다 그런데 어찌해볼 수 없는 것이 하나 있습니다 그것은 큰빗이끼벌레를 품고 있는 강물 녹조입니다 이 강물 녹조는 자전거뿐만 아니라 내 눈꺼풀에도 큰빗이끼벌레처럼 달라붙어 나와 자전거의 나른하고도 기분 좋은 봄밤의 숙면을 방해합니다

오늘은

분한 마음 누를 길 없어

부소산에 올랐다

영일루에서 조금 더 올라가 거기

막걸리도 팔고 파전도 파는 가게

아주머니 둘이 빈 탁자만 늘어놓고

무슨 할 말이라도 있는 양

유심히 날 바라본다 내가 지나쳐 가자

이 널븐 시상 천지에 왜 저리키 혼자 댕기나 몰러

저리키 혼자 댕기믄 말 붙이기도 심들어

하는 소리 뒤통수에 달라붙는다

그제야 나는 아하 소리를 내고는

소심하게

아주머니 나도요

낮술이라도 실컷 퍼마시고 싶은 날이거든요

개라도 되고 싶은 날이거든요

중얼거려 보는데

숲속 깊은 그늘도

유심히 날 바라보는 오늘은
전교조가 다시 길거리로 쫓겨난 날

베트남에서

나 더 늦기 전
조금이라도 젊을 때
이곳 베트남에 건너와
아주 눌러살겠네
이곳에 건너오면 우선
점잖고 부드러운 새 오토바이 말고
부다다당탕
소리도 시끄러운
중고 하나 구입하겠네
주체 못 할 기쁜 일 있으면
축구가 4강에 오른다거나
결승에 오른 날
경기에 져도 너무 잘했다 싶은 날
금성홍기 어깨에 두르고
거리에 나가 붉은 물결이 되겠네
도시의 이쪽 끝에서 저쪽 끝까지
부다다당탕

미친 듯 쏘다니는 붉은 물결이 되겠네

물결은 물결로 이어져

한 덩이 거대한 파도가 될 것이네

냄비 두드리며 환호하는

웃통 벗은 소년을 만나면

눈도 맞추고 손도 흔들어주겠네

소리도 한 번 크게 질러주겠네

신호는 꼭 지키되

가끔 역주행하는 친구 만나면

너무 기뻐서 그러려니 하고

통 크게 양보도 하며

자기들끼리는 절대 부딪치지 않는

물결이 되겠네 물고기 떼가 되겠네

부다다당탕

이슬 내릴 때까지 신나게 쏘다니다가

기름 떨어지면 돌아와

혼곤한 잠에 빠지겠네

저 멀리 조국에서

통일 소식 들려오면

내 살던 곳 부여에 돌아가

한반도기 허리에 두르고

부다다당탕

푸른 물결로 거리를 뒤덮는

행복한 꿈도 꾸어버리겠네

연서

시인이 되기 전 나는 그서 그렇고 그런 네 잎의 토끼풀에 지나지 않았습니다 저 아래 운동장에서 흙먼지 날리고 함성 소리 들리던 날 내 곁을 무심히 지나던 당신은 문득 걸음을 멈추고 한참이나 나를 내려다보았습니다 엄지와 검지로 조심스럽게 나를 뽑아 올린 당신은 또 한참이나 내 얼굴을 들여다보았지요 조금 떨렸던가요 우리의 숙명적인 만남은 그렇게 시작되었어요 그런데 어쩐 일인지 당신은 내 얼굴에 붙은 햇빛만을 톡톡 털어내고는 갑갑하기 짝이 없는 그 작고 얇은 책 속에 나를 가두어두었습니다

당신에 대한 원망이 조금씩 싹틀 무렵 나를 가두고 있는 그 책이 사실은 우주보다 넓다는 시집이라는 걸 알게 됐습니다 그 시집에는 없는 것이 없어 사랑도 인생도 그 무엇도 다 있었습니다 우주보다 넓다는 말을 실감했죠 시인은 시를 쓰는 사람이 아니라 시를 읽는 사람이라 했던가요 거기서 난 인생을 읽고 사랑을 읽는 시인이 되었습니다 하지만 내게 무관심해진 당신은 나를 찾지 않았지요 그럴수록 내게 처음

으로 관심 가져준 당신에 대한 그리움은 자꾸만 커져갔고 급기야 그 그리움에 지쳐 나는 조금씩 물기를 잃어가기 시작했어요 물기를 다 잃어 손에 쥐면 바스락 하고 부서져버릴 때쯤의 그 어느 날 환하게 시집 열리더니 그립던 당신 얼굴이 보였습니다 시집을 펼친 당신은 여기에 있었네 하는 표정으로 나를 한참이나 내려다보았습니다 아 그때의 감동이란 말로는 다 표현할 수 없을 지경이었지요

　손에 쥐면 부서질까 바람 불면 날아갈까 조심하면서 당신은 나에게 비닐 코팅이라는 투명 옷을 입혀주었어요 알몸을 보인다는 것이 조금 부끄럽긴 했지만 당신인데 그게 무슨 대수겠어요 이후 당신은 나를 손에서 놓질 않고 이 시집에서 저 시집으로 저 시집에서 또 이 시집으로 여행을 시켜주었습니다 많은 우주를 품게 된 나는 이제야말로 진정한 시인이 된 것이지요 앞으로도 당신은 나에게 더욱 많은 시집을 여행시켜줄 것이고 나는 더욱 많은 우주를 읽게 될 것입니다 그렇다고 내가 시집만 읽는 시인이 되지는 않을 겁니다 평생

을 함께할 당신의 마음을 읽는 것 그것처럼 가슴 뛰는 일은
또 없을 테니까요

눈병

이 병 낫거든
어디서 뭘 보고 다녔길래 하는 말에
실실 웃기나 하는
그런 사람 되진 않으리

이 병 낫거든
유니세프 광고 속
아이들의 눈곱과 콧물과
파리 떼로부터 채널 돌리지 않으리

이 병 낫거든
수레 끌고 가는
허리 접힌 할머니의 사진 속
물 젖은 폐지에서 눈 돌리지 않으리

옛날을 떠올리는 것도 눈이라면
좋아하는 계집애 눈밭에서 발로 찬 일

내가 건 현수막이 맞춤법에 틀린 일
해직교사 재판정에 증인으로 나가
일신이 두려워 재판을 망친 일과 같은
내게 가장 부끄러운 일부터
이 병 낫거든 깨끗한 눈으로 떠올리리

이 병 낫거든 뭐니 뭐니 해도
그대 눈 좀 제대로 들여다보리
그대 눈 속에 나 심고
내 눈 속에 그대 심어 그동안
한 번도 되어보지 못한 눈부처 되리

밥의 시, 사무사思無邪와 더불어

조재훈 • 시인

(1) 80여 편의 시를 읽었다. 스무 편 넘게 덜어내고, 5편 더해서 다시 60편을 보냈다. 지천명知天命을 넘기고 이순耳順을 바라보는 이은택의 작품들이었다. 뭔가 경건한 마음이 들었다. 흔히 20에 시를 쓰고 30에 소설을 마흔에는 희곡을 쉰에는 수필을 쓴다고 말한다. 물론 올바른 말은 아니지만 장르의 성격으로 보아 그럴듯하게 느껴진다. 우리 시사에서 늦은 나이에 시를 쓴 사람으로 육사나 만해를 들 수 있다. 만해는 문단과는 별 관계없이 시를 발표한 분이다. 어쩌면『님의 침묵』이 그 출발이었다고 해도 틀린 말은 아니다. 한국 시사에서 높이 평가를 받고 있는 이 시집은 그의 나이 47세에 세상에 그 모습을 보였던 것이다. 지금으로 치면 이순에 가까운 나이라 할 수 있을 것이다.

필자는 요즈음 20, 30대의 시 쓰는 사람들이 우리 둘레에 참으로 많다는 사실을 알고 있다. 시의 홍수라 할까 그런 상황을 경사라고만 볼 수 없는 것은 내 나이 탓 때문일까. 그것만은 아니다. 너무 지나치게 안이한 태도가 남발의 바탕이기 때문이다.

(2) 이 시집이 보여주는 기본적 입장은 일상에 바탕을 둔 평범함이다. 무슨 낭만이라든가 겉멋이 하나도 없다. 돌아가신 아버지·어머니, 아내, 자식들 특히 교사로서의 학생과 동료 교사

들의 세세한 일로 가득 차 있다. 그가 살아온 고향 농촌과 현재 재직하고 있는 부여가 그의 시적 공간의 전부다. 어쩌면 그가 태어나 자란 이인이란 곳에서 오십 리 안쪽이 그가 떠나지 않은 공간의 둘레라 할 수 있다.

필자는 이런 삶(생활)의 시들을 접하면서 자연스럽게 아, 시는 그야말로 사무사思無邪로구나, 그런 생각을 다시금 갖게 되었다.

'사무사'는 알다시피 공자께서 그가 골라 뽑은 『시경詩經』을 두고 한 말이다. 그래서 일부 학자는 시 전반에 관한 포괄적 견해가 아니라지만 사실은 옳은 견해가 아니다. 당대 『시경』이 시의 전부였기 때문이다. 사무사에 대한 해석도 구구하다. 앞의 '思'가 어기를 나타내는 허사虛辭라는 학자도 있고 뒤의 '邪'도 간사함이라고 보는 이도 꽤 있다. 보통 『집전集傳』(여러 본 가운데 주자가 주를 달아 정리한 것)에 따라 '생각함에 삿됨이 없다'라고 해석하는 게 일반적이다. '삿邪됨'은 올바르지 않음 곧 부정직不正直, 부정不正의 뜻으로 보는 것이다. 제대로 그런 사실을 입증하려면 당대(선진시대)의 용례를 통계적으로 분석해야 하겠지만 이미 선학들이 두루 참고한 것이기 때문에 이 정도의 해석으로도 족하다고 생각한다.

문제는 '생각함에 올바르다'는 말이 무엇을 뜻하느냐는 것이다. 시경을 읽어본 사람은 다 아는 일이지만 '풍風' 가운데는 음사가 꽤 많다는 사실이다. 풍은 공자께서도 '아雅', '송頌'을 제치고 그 가치를 제일로 높게 평가하지 않았던가. 그러니까 '올바르다'는 뜻은 이른바 양심적이라든가 도덕적인 것이 아니고 '있는 그대로의 모습' 그 자체를 가리키는 것임을 알게 된다. 필자는 한술 더 떠서 천진天眞이라고 말하곤 한다.

이은택의 시는 이러한 의미의 사무사의 산물임이 분명하다. 일상은 때로 재미없고 지루하지만 그것이야말로 진실한 것이다. 범사의 소중함, 그것의 드러냄이 리얼리즘의 본질이라는 사실을 깨닫게 해준다. 거기에는 과장도 수식도 거추장스럽다.

이런 점에서 이은택의 시는 사무사의 '밥'이다.

(3) 누가 뭐라 해도 문제는 사람이다. 이 시인의 시는 기교를 보여주지 않는다. 잔재주를 펴 사람을 골리거나 놀라게 하지 않는다. 일상의 어투 그대로다. 시어의 선택도 따로 없다. 늘 쓰는 우리네 말이다. 외국 어느 시인은 어머니한테서 배운 말로 시를 써야 한다고 말한 적이 있는데 여러모로 생각하게 하는 말이다. 그의 언어에는 어려운 관념어와 추상어가 거의 없다는 사실을 우리는 주목해야 한다. 그렇다고 괴팍한 토착어를 찾지 않는 것도 그의 시가 지향하는 바가 무엇인가를 말해준다. 평범하고 단순한 것, 소박하고 담담한 것 그것이 바로 이 시인이요, 그가 지향하는 시의 세계다.

내 몸에서 생겨난 말이

밖으로 나올 때는

'엄청', '무지', '되게', '아주' 등의 부사어를

뒤집어쓰고 나온다

(…)

사람에게는 오장육부가 있다는데

나한테는 혹시 말이 몸 밖으로 나올 때

꼭 통과해야 하는 내장 하나가 더 있는 것은 아닐까

이 내장이 당신을 통과하는 말에게

부사어 하나씩 얹어주는 것은 아닐까

생각해보는 것이다.

그리고 내장 하나가 더 있어 육장육부인 나는

심술보 하나가 더 있어

오장칠부로 불렸던 놀부보다

아무래도 더 나을게 없다고

생각해보는 것이다

—「과장」부분

 '과장'은 있는 그대로의 사실이 아니다. 인위적인 포장(가식)
으로 말미암아 진실이 가려지기 때문이다. 그는 그런 버릇을

생리화된 하나의 "내장"이라고 자학한다. 놀부의 심술보 하나가 더 붙은 오장칠부보다 한 수 위인 육장이라고 말하는, 그의 자기 점검이 결벽하다. 이러한 자아 성찰은 그의 시를 일관하는 중추로 기능한다.

(4) 그의 일상의 삶을 바탕으로 하고 있는 시는 '더불어'에 있다. 시인을 둘러싼 가까운 거리로부터 시작하는 시는 예외 없이 '더불어'의 동심원 속에 포괄된다. 아버지, 어머니, 형제를 비롯한 육친과 서로 애환을 나누는 동료, 선후배 교사, 그 못지않게 애정을 쏟는 학생들을 떠나 그의 시는 존재하지 않는다. 그러한 사정을 극적으로 드러내는 작품을 다음 같은 시편에서 자연스럽게 만날 수 있다.

교통카드가 든 지갑째 탕 찍고
광화문 광장에 올라서면
거기 마법의 세계가 펼쳐져 있었다.
숱하게 만나도 숲을 만들지 못한다고
어느 시인에게 핀잔받던 사람들이
나무가 되어 거대한 숲을 만들고 있었다.
그 나무들은 제가끔 걸어도 숲인 채로
청와대로 헌법재판소로 총리 공관으로 이동했다.

여러 종의 나무들이 모여 이룬 숲은

눈이 와도 바람이 불어도 춥지 않았다

(…)

난 이 교통카드를 오래도록 간직할 것이다.

어느 지하철역이든

지갑째 탕 찍고 올라서면 거기

마법의 세계가 펼쳐져 있기를 기대하면서

아니

마법이 필요 없는 세상이 오길 꿈꾸면서

—「교통카드」 부분

촛불항쟁에 관한 이 시인의 연대성은 공고하다. 충청도 시골에 있으면서 "숲"이 되기 위한 하나의 "나무"로서 참여하는 자세에 감동을 받는다. 그가 갖는 "교통카드"는 '더불어' 숲을 만드는 하나의 상징이다. 만남을 통해 숲이 되는 마법의 열쇠다. 그 열쇠는 평범하고도 정직한 사람이 잘 사는 세상을 열어준다. 그때 비로소 '마법'이 필요 없는 세상이 온다.

그의 '더불어'에는 사회와 세계에 대한 정의와 평화가 충만하다. 평화는 그의 무욕에서 출발한다.

또 이 길 따라 그대에게 오다가

아주 잘 늙은

굽은 길도 보았다고 말하리

나도 늙어

저 굽은 길처럼 되었으면

좋겠다고 말하리

내가 늙어 저 굽은 길처럼 누웠을 때

내 머리맡에

그대가 있었으면 좋겠다고 말하리

—「부소산길」 부분

잔잔한 서정이 그의 삶을 통찰하고 있다. "잘 늙은/ 굽은 길"
은 무엇을 뜻하는 것일까, '더불어'의 "그대"는 부여 부소산의
상징에 닿아 있는 것이 아닐까. 이순을 바라보는 시인의 맑고
조용한 달관이 돋보인다.

(5) 이은택 시인은 따뜻한 사람이다. 뜨겁지는 않지만 차지도
않다. 언제나, 누구에게나 긍정적인 가슴을 가진 '선생님'이다.
그리하여 그의 시선과 살갗이 닿는 모든 것들은 다사롭게 살
아난다. 느리지도 성급하지도 않은 그의 발걸음은 그가 즐겨
더불어 사는 이웃에 머물러 있다.

청년 시절

겁 많고 의지 얇은 나는

이리 휩쓸리고 저리 휩쓸려

고양이 발자국인지 개 발자국인지 모를

어지러운 발자국만

남겼습니다.

육십이 가까워지는 지금

발자국으로 시를 씁니다

그러나 시가 아무에게서

나오는 것이 아니라는 것과

아무리 노력해도

어린 시절의 고무신 발자국보다

아름답지 못하다는 것을

서서히

깨달아가고 있는 중입니다

―「발자국」부분

　「발자국」이란 그의 시 3연 중 2~3연이다. 이 시는 젊은 시절
은 "어지러운 발자국"만 남겼다고 하면서 예순 가까이에 이르
러서야 그런저런 '참'의 세계를 깨달아가고 있다고 말한다. 그

깨달음은 무엇일까. 그것은 바로 "어린 시절의 고무신 발자국"이다. 천진무구한 동심의 세계를 일컫는 말이다. 이것이 사무사의 세계요, 평상심의 경지가 아니고 무엇인가?

조주趙州는 어느 날 남천南泉에게 도道는 무엇이냐고 물었다. 남천은 대뜸 '평상심시도平常心是道'라고 답했다. 이때의 '평상심'은 긴장의 힘으로 가득하다. 평平은 고·저高低가 아닐 때, 상常은 단·속斷續이 아닐 때의 경지다. 이 '아니다'에는 지양止揚의 힘이 작용한다. 그러니까 늘어진 현상이 아니라 탱탱히 긴장된 세계다. 이은택의 시는 일상의 삶을 담고 있지만 이러한 평상심으로 가득하다.

시는 하고 싶은 말을 다할 때 사라진다. 이 시인은 관념어와 추상어를 쓰지 않는 좋은 버릇을 가지고 있다. 입말을 사랑하고 그것을 세련되게 하는 것은 좋은 시인의 몫이다. 그러나 말의 절제와 압축은 시의 숙명이다. 그 절제 뒤에 무한한 여백, 언어로 번역할 수 없는 세계를 구축해야 한다.

시를 통해 시를 배우려 하지 말고 삶을 통해 그 예지를 아름답게 드러내었으면 한다. 그리하여 깊고 넓은 시의 고요한 바다에 이르기를 바란다.